赵寿成散文集

赵寿成 —— 著

北京出版集团
北京出版社

图书在版编目（CIP）数据

赵寿成散文集 / 赵寿成著. — 北京：北京出版社，2022.6
ISBN 978-7-200-17050-4

Ⅰ. ①赵… Ⅱ. ①赵… Ⅲ. ①散文集—中国—当代 Ⅳ. ①I267

中国版本图书馆 CIP 数据核字（2022）第 026386 号

总策划：安　东
统　筹：王忠波
责任编辑：王忠波　陈　平
责任营销：猫　娘
责任印制：陈冬梅
封面设计：田　晗

赵寿成散文集
ZHAOSHOUCHENG SANWENJI
赵寿成　著

出　　版	北京出版集团
	北京出版社
地　　址	北京北三环中路 6 号
邮　　编	100120
网　　址	www.bph.com.cn
发　　行	北京出版集团
印　　刷	北京建宏印刷有限公司
经　　销	新华书店
开　　本	880 毫米 × 1230 毫米　1/32
印　　张	4.375
字　　数	40 千字
版　　次	2022 年 6 月第 1 版
印　　次	2022 年 6 月第 1 次印刷
书　　号	ISBN 978-7-200-17050-4
定　　价	68.00 元

如有印装质量问题，由本社负责调换
质量监督电话：010-58572393

序　言

我先生在几个月前,与我一起听林清玄散文,他情不自禁地告诉我:"杰民,我也想把平时跟你念叨过的、经历和感悟到的一些事和道理写出来,也像林清玄那样不仅仅自己受感动,还要感动更多的人。"当时我并不在意,没有鼓励他,还说:"我看你年龄大了,不要给自己增加压力了,还要熬夜,冥思苦想地写,咱就不写了。"他说:"好吧!"没想到,第二天午休后,他就兴致勃勃、激动万分地开始写第一篇《祖国颂》。待我醒来一看，他已一气呵成。接下来的一些天，他还是利用中午或早起一个小时的时间写出了好多篇散文，读着他的一篇篇散文，内心很感动，更加敬佩他。我知道先生是1964年天津大学毕业的理工科学生，要说在量具、量仪专业技术上他应该是内行，虽然他爱好广泛，比如在音乐、太极拳、花卉盆景等方面都有涉猎，也颇有建树，但能在这样短的时间内写出这样的散文来真是令我刮目相看。我觉得先生的潜力还在，这也是他几十年的文学积淀。他年轻时最爱去的地方是北京图书馆，身上总是带一个小本本，看到喜欢的名言警句、诗歌、散文都记下来，待有时间了，就录入电脑，方便学习。

总之,这次出版的散文集是一位"外行人"写的,肯定有很多不妥之处,也请广大读者和前辈们批评指正。

张杰民

2021年10月4日

目　录

第一篇　《祖国颂》……………………001

第二篇　初　恋…………………………009

第三篇　拾金不昧………………………019

第四篇　"真"……………………………027

第五篇　起名字…………………………037

第六篇　一代好媳妇，三代好子孙……043

第七篇　大蝴蝶…………………………051

第八篇　三个小资学友…………………059

第九篇　生命的奇迹……………………069

第十篇　智慧老人……………………077

第十一篇　小提琴……………………085

第十二篇　手风琴……………………093

第十三篇　植物园——心灵的放飞……103

第十四篇　书法与古筝………………111

第十五篇　太极拳与健康……………119

第十六篇　室有山林乐　人同天地春…125

第一篇

《祖国颂》

岁月远去了,
但岁月的痕迹却清晰地镌刻下来。
旧梦如风,我们已无法走回去,
但失去的风依然会化作雨滴,
滋润着我们现在和未来的岁月……

天津大学礼堂里响起了一曲《祖国颂》："啊！鸟在高飞，花在盛开，江山壮丽，人民豪迈，我们伟大的祖国进入了社会主义时代……"这是在歌颂我们伟大祖国在完成工商业社会主义改造后，进入社会主义大发展的时代。你看那指挥刘炽，那样激情，那样专注；你听那领唱者的歌声那样宽广洪亮；你听那领诵者的声音是那样铿锵有力，震撼人心。

我有幸担任了今天演出的领诵和领

唱，此时不由得想起了我中学的恩师张本老师对我的悉心培养，一股暖流涌上心头。1953年9月，我考入了当时的省重点中学，那是一个很值得记忆的日子。四千人只录取二百人。但是它是一所值得拼一拼的中学，有宏伟的大礼堂，有双层楼的科学馆，里面设有物理实验室、化学实验室等，还有最内道为400米的大操场……它的前身是一所教会学校，日本侵华后，又成了日本领事馆。一片片红砖起脊的教室，本部还有很多小院落是教师们的宿舍。学生住在南斋，一排排整洁的学生宿舍区。学校要求每个学生都要住宿的。革命先驱李大钊就是这所学校的校友。教师队伍有几何杨、代数张等，他们都是唐山市著名的中学老师，我的班主任张本老师也在其中。张本老师古铜色圆圆的脸上，有一双炯炯有神的大眼睛，目光直击你的内心。张本老师在学生面前很威严，说起话来声音浑厚，但又那么和蔼可亲，让你觉得非常温暖可信。星期五的一天傍晚，天空乌云密布，雷声闪电接踵而至，豆大的雨点密密麻麻，一场大雨倾泻而来。该回家的学生都被家长接走了，住在学校附近的同学也自个儿回家了，教室里的人越来越少，一会儿就剩下我一个人了。我父亲患病在家，母亲腿脚不好，家离学校又远，我正在着急，张本老师打着伞走进来了："走！跟我走！"我于是跟着老师进入了本部一个小院，到了老师的宿舍。"今天，你就别走了，在我这里住。我要矫正你的发音，你要学习普通话。"

老师曾做过电台播音员，说一口标准的普通话，他一字一字地教我练习发音，矫正我的唐山话。即使再平淡的人生，也会出现几点耀眼的火星，让你眼前一亮，仿佛进入了一个新的世界，流连忘返。从那以后，我成了老师宿舍的常客，他耐心教我发音、教我朗诵、教我表演、教我如何欣赏音乐作品……他说："表演贵在率真，不做作，不虚伪，不浮夸，就如同山间明月、江上清风，自然本然。"老师的教诲如一股甘甜的清泉，涓涓细流，滋润着我那焦渴的心田，从而让我的生活瞬间变得更加美好和可爱。

市里有展览会，他派我去当解说员。每当"五一""十一"节日大游行，他派我去当旗手，走在队伍前面。尤其是由他导演的大型苏联话剧《维加和他的小伙伴们》，他选我做这部戏的男主角维加。这部话剧的整个排练过程中，我的艺术修养、表演能力、语言表达能力、对音乐的兴趣等诸多方面，在这青少年时期打下了良好基础。今天我能站在这所大学庄严的舞台上，高声领唱，深情高亢地朗诵，头脑里不禁浮现出张本老师慈祥的面容和谆谆教导，真是师恩难忘！

人生的季节是不能颠倒的，在青少年时期，一定要对"真善美"的追求打下底子，如果缺少这种底子是会有问题的，这就如同人对食物的需求一样，各年龄段对营养的需求必须跟上。该吃奶时喂牛奶，该吃饭的就要加蛋黄，如果错了时机，以后怎么补怎么吃都很难弥补被耽误的营养和成长。

  岁月远去了，但岁月的痕迹却清晰地镌刻下来。旧梦如风，我们已无法走回去，但失去的风依然会化作雨滴，滋润着我们现在和未来的岁月……

第二篇

初 恋

暖不增华,冷不减色,用自己的双臂和身躯支撑着前面一方蓝天,铺垫做人的底气。该浓的是道义、诚信、责任;该淡的是浮华、虚荣和无知。哭并快乐着,这是维系我心态的精神家园。往远看,终究有一片大地和蓝天,我成长了!

大合唱响彻整个大礼堂，不仅座位全满，连过道里也站满了人。后面还有人不断拥进，踮着脚，昂着头，也不肯离开。他们被这慷慨激昂的歌声吸引住了。突然，合唱停止，在一片静寂中，钢琴伴奏像一股清泉流淌过来，叮咚作响，沁人心脾，随着那娓娓动听的旋律，那如梦如幻、纯净清新、坚韧有力的画面一个个展现在眼前。

钢琴伴奏是由比我低两届的同学完成

的，她叫怀音，你听这名字就可知道她小时候一定是在音乐环境中长大的，父母一定在音乐艺术方面对她寄予了极大的期望。她平日是一位很不起眼的姑娘，总是穿着一身淡淡的素装，做人低调、内敛，见人总是微微一笑，从不多言。由于大合唱的排练每周两次，见面次数多了，我们两人相见的眼睛里就多了一点留恋和深情，还常常伴有想念和渴望……我在一遍遍问自己，这是不是青年时代的心里泛起了初恋的火花，并且愈烧愈旺。我鼓起勇气，给她写了第一封信。那时，我们学校每个班都有一个信箱，邮递员可以直接把信投到里边。我每天都怀着忐忑的心情走到我班的754号信箱查看。她的回信来了！我高兴得几乎跳起来，端详着这封信，字体清秀而简练，这不正是她平时所表现出的高雅、纯真气质的体现吗？我盯着"寿成同学"这四个字许久许久……

从此，我们就开始了交往，书来信往的频率也愈来愈高，信的内容也愈来愈多，等待来信的心情也越来越迫切。在我看来，纵使两人整天在一起，也比不上书信交谈得透彻与温馨。有时候，一席无遮无拦的话跃然纸上；一段质朴纯净的表白也无须做作，立马拉近了心与心的距离；一句柔和而简短的问候感人肺腑，让周身涌动一股暖流。因而，许多情思，许多惦记，许多理解，许多沟通，全在那字里行间融汇。于是，时空与心的距离，皆因这传书的鸿雁而缩短并靠近。

第一次约会是两人一起看了一场电

影，是在滨江道光明影院。落座后，我去了洗手间。回来的时候，电影已开演，一片漆黑，我好不容易才找到了座位，发觉座位上有一大块巧克力。她默不作声，只是冲我微笑……此刻，一股暖流涌上心头，人一旦得到了对方的爱意和尊重，心灵的荒漠便会出现一片阳光和绿洲，两人之间便有了无限美好的空间。

一个傍晚，在海河边，宽阔的河水泛着波澜流向远方，两边大楼的灯光映在水面上，形成了一片片各种颜色的倒影。我用口琴吹奏了几首乐曲，她用专注的眼神凝望着我，并专心倾听我的琴声，一切是那么美好、甜蜜……

一天，她约我一起去天津音乐厅，欣赏殷承宗钢琴演奏会。她说已买好了两张票，傍晚在校外集合后去音乐厅。殷承宗是国家著名的钢琴演奏家，又是她的同乡，我们一起在音乐厅欣赏这样高级别的音乐会，真是太难得了。有很多曲目我并没有听懂，但是她却完全融入其中，看着她脸上洋溢的那种享受艺术后无限满足的表情，顿时，我的内心深处产生一种若隐若现的距离感……是的，她出生在北京中关村的一个高知家庭，父亲是国家著名的动物学家，她是家里的一位奶娘带大的，很小就学习钢琴。她就是在这样一个文化氛围极高的环境中长大的。而我，在一个小城市中产小康之家长大，父亲只是一位会计。这种环境和基因的差异，体现在每一句话、每一个想法和每一个动作中，时间一长就会拉开了这种距离感。

"五一"到了,我们约好一起回北京。这对我来讲是第一次踏上首都北京的土地。为了我,她执意下火车后从北京站步行到平安里331路车的起点。下车后,我太兴奋了,过去只在电影里看到的长安街、天安门、人民大会堂、西单……没想到现在就在我的身边、我的眼前,这是多么激动人心的事啊!就这样,我们漫步到了汽车站,她坐车回中关村的家,我去了钢铁学院高中同学的住处,并约好第二天去她家找她,一起去颐和园、香山游玩。

第二天清晨,我如约来到中关村。对了!这不是一个乌龟驮石碑的石雕吗?往左,有一个楼牌正写着31号楼,她家就住在三楼。我静了静心,敲门,不一会儿,听里面有边走边问的女人的声音,我的心"怦怦"地跳了起来。一开门，不是她，而是一位南方模样的中老年妇女把我领进了客厅。她上下打量着我这样一个毛头小伙子，一点都不高雅，也不文质彬彬。我和眼前这一幅幅字画、一座座雕塑、排列错落有致的大书柜实在有些不相称，顿时，我有些茫然了。那女人语气坚定地说："你就是和怀音约好要出去玩的同学吗？告诉你！她不在家，去不了！也不准去！"这最后一句，简直如同一个大棒打在头上，使我眼前金星四射。很显然，他们是经过讨论并做出的决定，不用父母出面，这个奶妈就可以把我一拒了之。

在回天津的路上，我想了很多。为爱、为希望所经历的苦难，使我读懂了一个人应有颗平常心。暖不增华,冷不减色,用自己的双臂和身躯支撑着前面一方蓝天,铺垫做人的底气。该浓的是道义、诚信、责任;该淡的是浮华、虚荣和无知。哭并快乐着,这是维系我心态的精神家园。往远看,终究有一片大地和蓝天,我成长了!

从此,我们的关系渐行渐远,直到我拿到毕业分配通知书,乘上了去北京的火车,奔向梦想的远方,但我总觉得高兴不起来,因为在心里的一个角落,还有一段真情存储在那里。听说两年后,她被分到了沈阳,去了另一个远方……

第三篇

拾金不昧

金钱是暂时的,终极意义上说,对于金钱,我们永远只有使用权,而没有所有权。一个人一生聚敛的钱财再多,也休想把其中的一分一毫带到棺材里去。金钱能买到享受,却无法买到长久的幸福;金钱能装点人的名誉地位,却无法成就人生的永恒意义。

说起"拾金不昧"这个词,很容易想到人们无意中拾到钱包、公文包等物品时,自己不要,而是及时交还给失主。而我今天说的这个"拾金不昧"者,捡到的真的是大块的金子,而且是装满一整条裤腰带的金块。这人是谁呢?正是我的母亲。

说我母亲,首先要说说我姥姥。她是哈尔滨人。小时候,她父亲在哈尔滨开了一个不大不小的布店,父女俩的生活还算富裕。那时候，姥爷为了学一门手艺，背着一个小包，千里迢迢来到哈尔滨这个布店当学徒。姥爷的诚实、善良、勤快、能干、聪明好学，师父都看在眼里，于是决定把自己的女儿嫁给他。后来，这位师父病逝，姥爷就带着姥姥回老家唐山河头镇开了一个布店，店后面的一所房子就是姥姥家。姥姥继承了她父亲的基因，聪明、能干，持家有方，把店铺前前后后打理得井井有条。姥爷也凭着在岳父那里学到的一身本领，把布店开得红红火火，我母亲就是在这样的环境里长大的。

母亲的衣着总是素净而且整洁。乌黑的头发梳成一个发髻，端正地盘在脑后，烘托出精巧的脸部轮廓。她从不戴任何饰物。

我和母亲住在离姥姥家三里远的同和里。那时,我最高兴的事就是与母亲一起回姥姥家了。每次我去,姥姥准会在洒满阳光的大炕上摆上一笸箩花生、栗子、大枣让我吃……我依偎在姥姥身边,听她讲各种好听的故事。我父亲在唐山市一个企业当会计,一星期才能回家一次。考虑到想让我早早上一个好点儿的学校,父母就决定先在唐山市区租一间房,按计划买好房后再搬走。唐山市宋谢庄大街,离最繁华的"小山"只有一公里的距离。我们住的是一个大院子,前后院都住满了人,都是底层的劳动人民,我们住中间的正房。东厢房住的是房东老太太。一天,母亲闹肚子,夜里去了后院的厕所。那时的厕所很简陋,周围是用木条竖着搭起来的半人多高的矮墙。母亲突然发现矮墙上有一条黑色的带子,吓了一跳,以为是一条蛇呢,凑近一看,原来是一条黑色的裤腰带,拿下来还很重。母亲急忙回屋让我父亲看。父亲摸了摸裤腰带里,像子弹夹一样整齐排列着。凭着多年的工作经验,父亲一下就肯定了这里面是金块,而且在这个院子里别人不会有这么多的钱,只有房东老太太能有!父亲和母亲决定一清早就给房东老太太送过去,否则时间一长准会要了她的命的。就这样,母亲把这条值钱的裤腰带还给了房东老太太。老太太转过神来,才发觉裤腰带不见了,一下就给母亲跪下了,说:"您真是大恩大德,救人一命啊!要不是遇见您这样的大善人,我就活不成了……"

生命是短暂的,伟人也好,凡人也罢,说起来都不过是这个星球上的匆匆过客。因此，我们应该怀着从容、豁达的心态去欣赏它、体味它，而不要过分地追求金钱功利来腐蚀它。要知道，人生中还有比金钱和功利更重要的东西，那就是奉献和享受人生的快乐。

金钱是暂时的，终极意义上说，对于金钱，我们永远只有使用权，而没有所有权。一个人一生聚敛的钱财再多，也休想把其中的一分一毫带到棺材里去。金钱能买到享受，却无法买到长久的幸福；金钱能装点人的名誉地位，却无法成就人生的永恒意义。母亲的做法告诫我们后人，别人的钱不能要，不义之财更不能要！

第四篇

『真』

这牵手几十年的伴侣间的感情，温暖而不炽热，光明但不耀眼，这种感情像空气一样包围着我，伴随左右时也许感觉不到它的存在，可一旦失去了，我就像鱼儿离开了水一样惊慌不知所措。

在我七十三岁时,我的妻子得了胆管癌离我而去,我非常悲痛,觉得自己的生命也要走到尽头,对未来完全丧失了信心。

我和妻子共同生活了四十七年,在这将近半个世纪里互相扶持,相濡以沫,克服重重困难,把我们的儿子和女儿抚养成人。正要享受晚年美好生活之际,可她却离我远去……

同事们把原来的朋友聚会改成了追思

会。在会上，大家都追忆和她一起工作时的往事，最后都集中到一个字上，那就是"真"。是的，"真"不只是外在的东西，产生"真"的"基因"就是真的。事真、情真、理真都是掺不得半点假的，只有这种"真"才能唤起周围人的共同认知，以一己之作为，引起这么多人的共鸣。

事真：她是量表方面的主任设计师，在接受一项量表的设计任务后总是全身心地投入，从不把对本职工作的热爱停留在嘴上。为了一张设计图纸的连续性，她可以坐在办公室整整八个小时不动窝。由她画出的图纸总是那么工整、严谨，又那么漂亮，在单位里一直是数一数二的。有一次，她接到设计"千分表"的任务。看得出来，她不是把它看成压力、负担，而是满怀兴奋的心情，整整五天五夜没睡多少觉，按时完成设计任务。后来，作为单位的新品种投入生产，还奖励她三十元钱。那时的双职工，供养两个孩子上学，其中一个还是在外地上大学，经济上很拮据，我们两人就当起了"星期日工程师"。有一次，接了一个水泥提升设备的图纸设计，我负责在现场测绘草图，她就在家里的大饭桌上支起了图板，完成正式图纸的设计与绘制。当我拿着一大摞画好的图纸交给水泥机械厂时，厂方非常满意，当场就发给我8000元奖金。我把钱拿回家，夫妻俩高兴得到"九头鸟"撮了一顿。她总是这样，用真心、诚心、耐心对待自己所从事的事业，从不倦怠。

情真：结婚后，我体会到了她对待夫妻感情很纯真。她从不会撒娇、讨好，不会说，也从未说过"我爱你"，这让我觉得在她面前是那样放松、心安。有时，夫妻间也会吵架，但都是非原则问题，过两天她就忘记了，从不记仇，更没提到也没想到过离婚。

有段日子，单位里有个老同事，年龄比我们大些，职位也比我们高些，又是湖南醴陵人，和她可以说是半个老乡。清华大学毕业做过一小段时间的数学老师，和我们住在一个小区里，时常在路上和我们俩相遇。可相遇时，这个人的眼睛里就闪出光芒，只和她一个人寒暄，似乎旁边就没有我这个人存在，太尴尬了。回到家，她主动向我解释："虽然他老婆去世了，我能跟他走吗？你的自信心哪儿去了？"从此，在小区里再碰着，远远地，我们俩就绕开他走。这样次数多了，他也自觉无趣，放弃了这样的幻想。

在她最后病重的几个月里，我向她隐瞒了病情，还得强露笑容，一天二十四小时不离身，陪伴她走完人生最后的日子。那些护士问她，怎么这么会找爱人，要她介绍经验。她总是露出得意的微笑，私下里对我说出了心里话："我这辈子值了，你没有做过一件对不起我的事。"

理真：她认准的"理"从不改变，宁为玉碎，不为瓦全！在大学里，她的外号叫"大倔"。有一次，在单位里举行的设计方案讨论会上，当着好多领导、总工程师的面，她为了坚持自己的设计方案，把用时一个多月设计好的图纸当场撕得粉碎，扭头就走了。是的，这就是她的真性情，她的一生从来不懂溜须拍马、说人情、讨好人家。她的人生信条就是凭自己的真本事吃饭。事实上，她也是这样做了！到现在，量具厂量表生产的设计图设计人还都是她——丽华。

她对生活要求不高，有饭吃，不一定要吃山珍海味；有衣穿，不一定要穿名牌贵货，对这样清苦的生活非常满足。我脑海中时常浮现出过去的一幅美丽的图画：一对鹤发皓首的老人手牵手漫步在夕阳下，斜阳映红的天空为老人铺设了霞光满天的背景。这牵手几十年的伴侣间的感情，温暖而不炽热，光明但不耀眼，这种感情像空气一样包围着我，伴随左右时也许感觉不到它的存在，可一旦失去了，我就像鱼儿离开了水一样惊慌不知所措。她永远宽容我，担待我，当孩子们长硬了翅膀飞向自己的天地，只有她这份温暖的感情不离不弃，始终在我的心里，并淹没在深深浅浅的皱纹中。这时，我多么希望我的爱人还在我的身边，和我一起在夕阳下评点过去……

第五篇

起名字

人的名字只是一个人的标签,人生目标只有靠自己的基因和坚忍努力才能实现。

1968年3月，大儿子出生了，真是一件大喜事，我开始做父亲了。首先想到的事就是先给儿子起个名字。那时已不时兴叫"福""寿""吉""祥"之类的名字了，太俗气，何况我大小也算一个知识分子，得好好查查字典，找一个有点文化的词。要按家谱说，我们家祖上也算一个大家庭，据说，我家的先祖叫赵国华，是位清朝的进士，他母亲怀他十个月都生不下来，到十二个月时，就找了一个巫婆，说要孕妇迈井，迈井后果真生了一个男孩，可是一只眼睛睁不开，是个残疾孩子。要我说就是孕妇受了惊吓所致。奇迹是这孩子虽然一只眼睛，但却超级聪明。换了几个私塾先生都说这孩子太聪明教不了，最后这个赵国华考取了进士，被委任山东省道台。从此赵家开始立家谱：国恩家庆，人寿年丰。按家谱，我是"寿"字辈，那我儿子应该是"年"字辈了。我觉得名字里带个"年"字不好听，新时代了，应该换个思路了。

  我在大学里，就喜欢读鲁迅的书，也崇拜鲁迅的风骨。他有"富贵不能淫，威武不能屈"的豪情，又有"君子似水，随方就圆，无处不自在"的圆融。"横眉冷对千夫指"不难，"俯首甘为孺子牛"不易。有傲骨而无傲气，能通俗而不媚俗。"言必信，行必果"；"疾恶如仇，秉笔直书"。如此，做人则正，做官则清；作文章则真，做事则可。正因为如此，在大学五年里，我总是把鲁迅的木雕版画像和"横眉冷对千夫指，俯首甘为孺子牛"这两句诗挂在床头，作为我青年时代成长的座右铭。儿子正要起名字，我一定要在鲁迅笔名里寻找一个合适的名字，于是我查阅了鲁迅的所有笔名最后选择了"及锋"二字作为儿子的名字。

我查阅了字典，"及锋"是达到锋利的意思，希望儿子一生要磨炼自己，十年磨一剑，最后达到锋利。如今，儿子已过五十岁了，通过自己的努力已做到了一个金融企业的高管。有一次我们父子俩聊天时，他承认由于天生的善良，企业管理上表现得有点软。

  人的名字只是一个人的标签，人生目标只有靠自己的基因和坚忍努力才能实现。

第六篇

一代好媳妇，三代好子孙

生活是复杂的，但生活的道理却很简单。
人人都希望过得快乐，
但快乐不是因为拥有得多，
而是因为计较得少。
怀有一颗宽以待人的心，
人生处处都充满着幸福与美好。

我舅妈就是这样的好媳妇。年轻时，她本来是天津市有钱人家的大家闺秀，后来随我舅舅回到老家丰润县新军屯落户，成了一辈子农民媳妇，抚养几个孩子长大成人，奉养婆婆直到九十一岁，养老送终，陪伴舅舅到八十八岁去世，直到她自己活到九十三岁离世。

说到舅舅，他继承了我姥爷会做生意的基因，把在天津的一个小企业经营得越来越红火，像滚雪球一样越来越大，以至于在当时成了针织行业的领头羊。日子过得也越来越富足。马场道是天津市的富人居住区，他住进了马场道的一个二层小楼。前几年去天津，我特意去了一趟舅舅七十多年前住过的"马场道"。远远望去，这一片街区高雅别致，全都是二三层红砖灰瓦的小洋楼，楼前有小花园，院落的围墙或铁栅栏设计得错落有致，好一派欧式别墅区。一眼望去，街道随着落日的余晖在宁静闲适中渐渐远去，隐藏着多少生活故事，见证了多少荣辱兴衰。我舅舅年轻时就是在这里生活的。舅舅与舅妈成婚后，还买了一辆小轿车，雇了一个司机为他们开车。我姥姥和他们一起生活得其乐融融。婚后不久，生下了他们的第一个男孩叫天生。

一天夜里，就是这个被雇用的司机，开着一辆卡车，还带了几个壮小伙子来到舅舅家，不由分说，把全部家产一扫而光。真应了那句名言警句："敌人和知己越少越安全。"司机太了解舅舅了，舅舅这人太善良了，对别人从不设防。他聪明的天资和诚实温厚的品质与他的资产反差太大，正如一句俗语所说：房是招牌，车是累，赚了银钱是催命鬼。

经过这件事后，舅舅完全失去了重整旗鼓的勇气，带着全家回到了老家丰润县新军屯。因为有些文化就做起了村里的小学校长，其实这个学校只有二三个老师。他开始了自己的新生活——做一位农民教师。其实，在我的记忆中，这才是我的舅舅。

那时，我最期盼的事情就是到舅舅家。一进门，舅妈就说："外甥来啦！今天一定有你最爱吃的蒸山药大枣、凉拌紫心萝卜加糖，后院园子里有黄瓜、西红柿，想吃自己去摘。"舅舅总是带我去村里转悠，还不时地和碰见的乡亲们热情地打招呼，他总是骄傲地把我介绍给他们。

回家后，我也最盼望舅舅来我家，他总是带我去逛街，给我买喜欢的乐器，像笛子、口琴、大正琴等，回来免不了母亲的一顿唠叨……

我长大后，舅舅跟我说："这辈子我最大的成功就是遇到一个好媳妇。发迹时，她能给我撑门面，落魄时她能和我一起过苦日子。"是的，在我周围这一片亲戚里，女人们我最敬佩的就是我舅妈了，她优雅、朴素的风格，她身上所表现出来的精神品质，更体现在由她一手带大的几个孩子身上。老大天生是一个品学兼优的学生，先是在铁路电务段工作，后服兵役到北京当空军，是一名军人，立功受奖无数，经常有喜报送到家，却不幸在一次意外事故中牺牲。其他几个孩子虽然都是农民，但个个都是好样的，他们善良、本分、乐于助人，日子虽过得平淡，但很富足。生活是复杂的，但生活的道理却很简单。人人都希望过得快乐，但快乐不是因为拥有得多，而是因为计较得少。怀有一颗宽以待人的心，人生处处都充满着幸福与美好。我舅舅一家人就是这样过的，在农村虽然很苦，但很快乐。

第七篇

大蝴蝶

生命中无论遇到了什么沟沟坎坎,艰难险阻,只要我心中想起这只大蝴蝶,就又增添了笑对生活的勇气。

如今在公园里想寻找一只彩色大蝴蝶，太难了。我经常去植物园，找来找去只看见几只白色的小蝴蝶在花丛中飞舞。可是，有一只彩色大蝴蝶却一直在我心中清晰依旧。生命中无论遇到了什么沟沟坎坎，艰难险阻，只要我心中想起这只大蝴蝶，就又增添了笑对生活的勇气。

那还是小升初的一次人生大考，说它是大考，是因为我报考的是河北省的重点中学，其他几十个中学还都没招生，只有它优先招考二百名，且还都是住宿生。来报考的学生，不光是本市的，周边各县市的学生都来报考，有四千多人。学校周边的街道上挤满了背包握伞来报考的学生，他们晚上都睡在那里。我一看这架势，心里也打起鼓来，有点紧张，但凭着平时学习成绩的信心，还是来参加了这次大考。

那天阳光明媚，蓝色的天空中飘着几朵白云，吸口气都觉得浑身有劲，我带着一个好心情来到学校参加数学考试。考前在考场后面的花园里休息，忽然一只五彩斑斓的大蝴蝶飞到花丛中，落在一朵漂亮的花上，还在扇动着两只大翅膀，忽然翅膀并在一起，嘴还在轻轻地吸吮着。我走向前，弯下腰，大拇指和食指轻轻一捏，就把这只大蝴蝶拿到眼前，我看到它两只长须触角在向我示好，前面几只小爪子拼命向我招手。正在这时考试进场铃声响了，我把嘴唇对准它的头部，深情地吻了它一下，说："祝我考试成功吧！"松开手指把它放飞了。我把这第一次亲吻送给了它。它带着我的深情飞向了天空，我看着它远去的背影慢慢地步入了考场。

　　监考老师走进了教室，他是一位看起来五十多岁的老教师，清瘦的脸上戴着一副白框的眼镜，但两只眼睛发出睿智的光芒，以至考生们都不敢与他对视。平日我对数学一直偏爱，也不乏高分成绩，所以答题很顺利，很快答完，开始最后检查准备交卷。监考老师在通道上踱步，还不时地弯下腰看考生答卷，正在这时，他走到我的桌前用手指在一道题上轻轻点了三下，我的神经立马紧张起来，仔细一看，啊！点错了一位小数点。

最后，我如愿考入了这个我所向往的中学，但心里老是记着大蝴蝶这一臂之力。中学毕业后我考进了天津大学。五年的大学生活很美好，但美好的日子过得真快啊，到了毕业分配的时候了，这时毕业生们跑东跑西，在这关键时刻用尽自己全部本事，发挥出自己全部才能来表现自己，都是为了将来有一份好工作，有一个自己满意的工作地点，因为我们那个时代是一锤定终生的。

我父亲是一个普通小企业的会计，无

权又无关系；自己不是党员又不是团员，好像支部里还认为我思想上有点小资倾向。我有自知之明，在分配问题上采取低调处理，按规定填报了志愿，前四个大都填的北京，第五个志愿报的是服从分配，之后便默默地等待着最后的"宣判"。

这一天终于来到了，两个班的毕业生在小礼堂前几排落座，台上教务主任宣读毕业分配名单，气氛紧张，只听到台上一个名字一个单位地叫着，我似乎都没听清，心都跳到嗓子眼了，等待着叫自己的名字。直到最后才叫到"赵寿成，北京……"我高兴得心几乎都要跳了出来。因为有一年"六一"儿童节，我观看了一场电影叫《祖国的花朵》，电影里北海的绿树红墙深深地印在了我的脑海里。那时我就向往着将来能到北京学习和工作,今天愿望得以实现,我深信大蝴蝶又助了我一臂之力……

第八篇

三个小资学友

大学期间,我有两个要好的学友,一个叫祁生,一个叫叔毅。我们因性格相容、兴趣爱好相近,经常在一起学习、一起看电影、一起唱歌、一起去小白楼起士林吃冰激凌……

大学期间，我有两个要好的学友，一个叫祁生，一个叫叔毅。我们因性格相容、兴趣爱好相近，经常在一起学习、一起看电影、一起唱歌、一起去小白楼起士林吃冰激凌……

祁生个子不高，但头很大，宽大的额头下面有两只深邃的细细的炯炯有神的眼睛。配上他那练得肌肉丰盈的四肢，一看就是一个敦实健康的小伙子。他不善言辞，对别人的讲话总是报以微微一笑。他是北京一中毕业的，父母早逝，跟着兄嫂长大。兄嫂当时都是中学老师。他天资聪明，在班上学习绝对是一把好手。他酷爱读书，最常去的地方就是图书馆，隔三两天就借回几本古今中外的好书，有时还扔给我几本他认为应该读的好书，我一看有巴尔扎克的《欧也妮·葛朗台》《高老头》等。可就是这样占用大量时间读课外书，一点都不影响他一考试就得5分的好成绩。

叔毅1957年被打成"右派"后，一直在学校西大坑推轱辘马。轱辘马是装土的翻斗车，人推着它在铁轨上行走。劳动两年后，摘掉"右派"帽子，才插到我们班。他来到我们班，没人敢接近他，但我和祁生却认为他是一个好人，而且是一个有趣并有情义的好学友。

　　叔毅是福建厦门人,父亲是鼓浪屿罐头公司的总经理,是一个地地道道的资本家。叔毅瘦瘦的脸庞,个子不高,由于长期参加劳动,四肢都非常有劲还灵活,两只炯炯有神的眼睛和朗朗的说话声都显示着他坚毅的性格。他待人宽厚、热情,从不计较个人得失。班里的清洁卫生他干在前面,班里的摄影从拍照片、冲底片、洗相片一系列程序他都包了,还主动给同学理发,即使去四川实习,火车每到一站他都下车帮列车员擦洗绿皮车厢。就这样表现,我们三人还总是被排斥在圈外。我们三人就借着班级开会的机会把《外国民歌200首》里的歌全都学会了,那《哎哟!妈妈》《梭罗河》朗朗上口;那《山楂树》《红莓花儿开》深情动人；尤其是《黑龙江的波浪》里的男生三重唱和谐动听。有时候，他们开会，我们仨就走出校门到电影院观看最新外国翻译片，如《百万英镑》《警察与小偷》《悲惨世界》《红与黑》等。有时候叔毅还请我们到小白楼起士林吃冰激凌。

初夏一个晴朗的下午，在返回学校的路上，暖洋洋的阳光照在身上舒适宜人，我们仨走在天津最安静、最漂亮、一幢幢欧式建筑的马场道，一边聊着天还不时地哼起一首熟悉的外国民歌。忽然发现街边一幢楼房前门的台阶上，从低到高站着四个小姑娘正准备照相，叔毅反应快，热情地前去帮忙。走近一看，这四个小姑娘真漂亮，打扮得也很时尚，最大的是高中生。叔毅就用自己的相机给她们拍了很多张，并答应等冲洗好后送来。这位个子最高的小姑娘后来就成了叔毅的夫人，跟着他在"文化大革命"中受尽了煎熬，不离不弃，白头到老。

1963年夏天，我们班到哈尔滨量具刃具厂实习，这是我们第一次出远门，还是到这样漂亮的城市。宽阔的松花江静静地流过市中心，一座雄伟的铁路大桥横跨在江的两边。岸边绿树成荫的斯大林公园里有各种艺术雕塑，广场上矗立着高高的防洪纪念塔。漂亮的中央大街上都是俄式建筑，道里道外、街边楼房一水的米黄色。我们仨一下就被这美丽的景色吸引住了，在江边台阶上站成一排，对着江水唱响《黑龙江的波浪》。这是一种前所未有的无比自豪的喜悦与激动,因为此情此景震撼了我们的心灵⋯⋯

一个月的实习结束了,同学们都怀着喜悦的心情乘上了回天津的列车。下午乘上火车,经过一夜第二天中午才能到达。入夜后,伴着火车有节奏的咣当声,同学们逐渐昏昏入睡。我们仨商量好让有精神的祁生看包裹,其他人就放开了睡觉。祁生坐在车厢连接处,正好离列车员休息室很近,为了消除寂寞,他就跟女列车员聊了起来。我几次醒来看见他们俩都在聊,而且越来越欢快,越来越亲近。就这样一直到清晨,火车到了北戴河车站,我们仨决定下车玩半天,下午再改签下一趟车回天津。可一掏兜,我们仨加起来就有两角四分钱,还不够买一包饼干。正在这时,女列车员毫不犹豫地拿出十元钱塞给了祁生，祁生留下了女列车员的联系地址，我们仨就痛痛快快地在北戴河海滨玩了多半天，还留下了好多张珍贵的照片。

从此祁生和女列车员就建立了联系，书来信往，直到毕业。后来祁生被分配到哈尔滨，但两人未能终成眷属。但这段感人的邂逅却成了青春美好的回忆。

第九篇

生命的奇迹

母亲年轻时通过「拾金不昧」救了他人一命,年老了又经历了这场空前的大地震,却安然无恙,这可真是「生命的奇迹」。

1976年7月28日凌晨，忽然觉得整个房间都颤动起来，木梁之间发出吱吱呀呀的可怕的声音，我和儿子反应机敏，一个健步就跑到门外。这时邻居们也都聚到院内，惊恐地喊着："地震了！地震了！"

从电台的广播中得知，地震的中心是唐山市，震级是7.8级，当下所有的交通、通信全部中断。我心急如焚，因为母亲和弟弟一家人都在那里。同事们也都为我着急。一位同事的爱人是附近部队大院的首长，通过她得知，一两天内要有抗震救灾的车去唐山，我荣幸地搭乘解放军抗震救灾的车前往震区。当时已经是晚上十点多了，解放军同志把我放到小山地区，这是唐山市中心，离我家只有两三公里。下了车，我环视四周，昔日繁华热闹的街市已是一片片瓦砾，只有歪斜的树木和电线杆还痛苦地站在那里。我按照执勤战士的指引，数着电线杆艰难地找到我家。见到了母亲、弟弟、弟媳和侄子。母亲终究是年纪大了，经不起折腾，从她的神情、脸色就觉得她老了许多。在街坊邻居的协助下已搭建了临时地震棚，还能遮点风、挡点雨。我急切地听着母亲讲述地震当天的经过。

　　地震前的这个院子，是我父亲与我们

叫四大爷的一位好朋友共同买下的，也是我少年时期成长的地方。方方正正的大院子里四大爷家住正房向阳，我们家住厢房西晒。父亲亲手栽种的三棵杨树长得真快，很快就超过了房顶为我们遮阳。每家窗前都有一个花池，里面栽种的各种花草，一到夏天就盛开，五颜六色，满院香气。晚上，两家人各自围坐在小桌前讲述各自发生的故事，仰望天空观看牛郎织女相会，寻找北斗七星。

可今天，这里瞬间就房倒屋塌，一片狼藉，这就是大自然的威力和无常，人在它面前无能为力，只有敬畏和接受。母亲说地震的那个晚上，天气热得让人难以入睡，直到后半夜她都没合眼，突然，黑云密布，电闪雷鸣，一阵强风吹进窗户，她以为天要下雨,就起身关窗户,还未摸到窗户就被巨大的地震波甩到床的另一头。她抱着头蜷缩在那里,只感觉先是左右晃,接着就是上下晃,房就塌下来了。我家的房顶是水泥板,下面是木柁和木梁支撑在砖墙上。一块水泥板掉了下来,一端正好被一个木梁支住,像搭好的一个"窝棚"一样,母亲正好在下面,什么砖块啊,木条啊都被水泥板挡住了,竟没有受一点儿伤。地震后,先是一片寂静,紧接着就是吓人的"鬼嚎狼哭"。母亲自己爬出"窝棚",扒出了弟弟、弟媳,三个人一起寻找我的小侄子,最后在中间堂屋找到。他被夏天不用的一小捆烟囱砸到,趴在地上,嘴啃着地,脸憋成了紫青色。因捆在一起的烟囱是中空的,所以有缓冲,幸运的是他还活着。

我家地处路南区，是地震的中心，副里村大街共有一百多户人家，像我家这样没有伤亡的只有两家，母亲年轻时通过"拾金不昧"救了他人一命，年老了又经历了这场空前的大地震，却安然无恙，这可真是"生命的奇迹"。

第十篇

智慧老人

一个人怀揣平常心,就会对名、利、权之类采取超然物外的态度,一切顺其自然,泰然处之。

我的岳父是位智慧老人，说他有智慧真是名副其实，一点都不夸张。首先他是一位围棋高手，围棋可以说是他的第一爱好。他的晚年生活除了下围棋，就是出去遛弯，每次遛弯回来都要买几本围棋书。我每天下班回来都能看到他在自己屋里的方桌上和自己下围棋，可以做到完全屏蔽周围的干扰，进入黑白双方博弈的世界中，这就是他人生的最大乐趣。

他高高的个子，清瘦的脸庞，凸出的

额头，戴着一副深度的近视镜，两撇山羊胡子飘飘然，从远处走来俨然国画大师黄宾虹。他的生活非常简单，对吃、住从来没有任何要求，但穿的衣服一定要干净、整洁。事实上，简约生活应该是一种心理状态，丰足而不奢华，惬意而不张扬，才能让人享受生活，还原生命的本色，适度的生活状态更体现了他的人生境界和品位。

我岳父一生坎坷，遇到了很多艰难困苦，但他都凭借自己的智慧，用他的博大胸怀，坦然面对。他本来是一家企业的会计，"文化大革命"时期，被抄了家并遣送回老家。他平日精读《易经》和《道德经》，看淡世事沧桑，以一颗平常心来对待强加头上的"劳动改造"，平静地背上粪箕每天去捡粪积肥。他坚信着太阳的温暖，坚信着黎明的曙光，坚信着岁月的真情，向往着未来日子的美好。就这样过了几年，终于得到平反，返回北京原单位工作。回京前，他自作主张把自己居住的有三个套院的房产赠送给了村委会。这又体现了这位智慧老人的智慧。他在喧嚣纷纭的人世间，能保持一颗清风徐来、水波不兴的平常之心，是非常难能可贵的。一个人怀揣平常心，就会对名、利、权之类采取超然物外的态度，一切顺其自然，泰然处之。这样的生活态度，不但让老人生活得充实、潇洒、欢乐，而且也是他得以安享天年的灵丹妙药。

　　他年轻时哥哥就去世了，留下一大家子人，虽然有些积蓄，但只靠他一个人奔波、养活。那时住在东四七条，为了节省开支，他每天步行到南城上班。两个大孩子很早就参加了解放军，其中一个儿子后来还参加了抗美援朝，回国后南下湖南株洲在一个大企业当干部。

　　他身体精瘦却很少去医院看病，因儿子一定要把他接到株洲，要他享受到儿子的孝心，走前我带他到医院进行全面的身体检查。医生说这位老人一切正常，心脏跳动得像三十岁的，就是有些营养不良。他一向主张以素食为主，而且每顿饭都吃七八分饱，这也是他养生的智慧。年岁大了，牙齿只剩下几颗了，我们坚持要给他安假牙。他笑着对我们说："这是返老还童啊！你们看婴儿就没有牙齿，这就是提醒我要吃点软的，喝点稀的。"

到儿子那里他过得很高兴，享受着儿孙满堂的天伦之乐。我儿子及锋也考入了湖南大学，可以经常去陪姥爷玩围棋，这可是儿子最高兴的事情啦！我单独问过及锋："你能下过你姥爷吗？"他说："偶尔能下个平手。"我说："你只是有点小聪明，你姥爷可是有大智慧！"

第十一篇

小提琴

只有你练就了音乐的情怀,用它充盈你的生活,它才能给予你心灵的慰藉,陶冶你的情感,从而拓展你的精神空间。

音乐的本质并不是高不可攀、望尘莫及的,而是扎根于我们平平常常的现实生活中。

音乐是针对你的心情表达你的情感的。

《梁祝小提琴协奏曲》(简称《梁祝》)醉了多少人的魂,一醉就是千年的美丽……只要这首曲子在耳边响起,我就会全神贯注,热血沸腾,陶醉于这美妙的乐曲中,享受生命的美好。这首乐曲所传递出来的纯真是那么质朴,永远感动着我并伴随着我的生活。我最喜欢"楼台会"那段,由大提琴、小提琴对奏,太美了!那小提琴悠扬的琴声如泣如诉,那大提琴浑厚低沉的声音温暖动情。你听,快到尾声时，小提琴音似乎仍缭绕在五彩斑斓的另一个世界里，两只大蝴蝶上下自由飞舞。琴声由强变弱至一片静寂，此时无声胜有声。听者静待了好一会儿才回到现实中来。

这首传世之作是由当时在上海音乐学院读书的陈钢、何占豪创作的。我看过介绍他们创作过程的电视片。陈钢是"右派"的儿子，他有一位两情相悦的女朋友，就是因为家庭出身问题未成眷属。若干年后，陈钢去北京出差，坐在北海湖边椅子上休息，忽听由他创作的那首《梁祝》徐徐飘来，感慨万千，泪流满面。是啊，这首曲子不仅感动过作者，还感动过千千万万有情人。

考入大学，父亲奖励我一把小提琴。

我带着它高高兴兴地跨入大学校园。我从心里喜欢这把琴，傍晚，离宿舍不远的湖边，常有我艰难地拉着《舒伯特小夜曲》的身影。

一次系里组织的联欢会上，一位中年老师拉小提琴，悠扬的琴声深深地吸引了我。会后，我迫不及待地拜访了这位老师。他看我练琴的决心这么大，当场就把他用过的舒曼小提琴练习法和好几本国际乐谱公司出版的练习曲送给我。这几本书都是原版的，到现在我还珍藏着，都快成古籍了。他嘱咐我的一席话至今令我难忘！他说："我前些年也和你一样，痴迷练琴，也得到过一些老师的指点，但进步很慢，主要原因是我们起步太晚了，你看我三十多岁了，也结婚生子了，家里的杂事就很多，工作上刚刚提上讲师，里外压力非常大，哪有时间练琴。但你不要灰心，在练琴过程中要时刻不忘用它滋润心灵。只有你练就了音乐的情怀，用它充盈你的生活，它才能给予你心灵的慰藉，陶冶你的情感，从而拓展你的精神空间。音乐的本质并不是高不可攀、望尘莫及的，而是扎根于我们平平常常的现实生活中。音乐是针对你的心情表达你的情感的。音乐是超越语言和文字的生命语言，它会使你感动，也会让你不断得到心灵净化和提高，并感到无比的喜悦。千万不要为练琴设置目标！"

我把老师的谆谆教诲都记在了心里。看到同学们在课余时间高兴地聊着、唱着，我默默地拿起心爱的小提琴，到湖边练习小夜曲，体味着音乐的情怀。后来，虽然我和老师一样，也把小提琴放下了，但我从未把音乐的情怀放下。你看，每当我听到《梁祝》飘来，照样会陶醉其中。我还特意把《梁祝》设置为我手机的铃声，把《梁祝》的古筝曲设置为妻子手机的铃声。

第十二篇

手风琴

好歌美如酒。

吴伯萧先生对于音乐一语破的：

「感人的歌声留给人的记忆是长远的。」

北京琉璃厂有一条乐器一条街，我和妻子怀着兴奋的心情走进一家卖手风琴的店铺，想购买一台二手手风琴。这个想法的形成还得从我上高中时说起，那时我就非常喜欢听手风琴曲，学校的张本老师带领我们排演苏联话剧《维加和他的小伙伴们》，剧中的伴奏大都是手风琴曲。和我通信的苏联小朋友娜塔莎也曾给我邮寄来两张黑胶唱片，也是手风琴伴奏的《喀秋莎》《山楂树》。青少年时期的影响太深远了。上大学时,班里有个同学,课余时间就拉着一把德国小黑琴,我羡慕死啦!垂涎三尺!还怪我父亲答应我考上大学奖励我一把乐器,就没舍得给我买把手风琴而买了一把钱少点的小提琴。就这么个夙愿一直延续到今天,六七十年了。有一天,我们夫妻俩在小公园里遛弯,看到一个人在拉手风琴,我们俩驻足观看并聆听了每一首曲子。那个人休息时我们攀谈了几句后,两个琴带就套在了我的肩上,顿时头脑里就浮现出我那个拉德国小黑琴的同学的身影,我不自觉地挺起胸,抬起头,琴的风箱就被拉动起来了,琴声虽不成调,但这架势却感动了妻子,当场就拍板"咱买一台"。这不,来到了琴行,老板娘是一位年龄偏大的妇女,她正在拉一首《花儿与少年》。这首青海民歌我太熟悉了,你听那从四二拍转成四三拍,那么娴熟、美妙,她拉得真好!我们就和这位老板娘攀谈起来,她姓史,丈夫姓李,我们就称呼他们为史师傅、李师傅,显得更为亲切。史师傅原来就是山东农村的小姑娘,在一次观看下乡的文艺团体的演出时,听到了优美的手风琴声和着二胡声,她被深深地吸引住了。后来她丈夫所在的北京民族器乐厂改制,她丈夫下岗了,她就和丈夫一起开了这个小乐器行。从此,她就有机会接触到各种乐器,也能有机会接受退休的器乐行家的教诲。她绝顶聪慧,也是由于器乐行经营的需要,她已学会多种乐器的演奏。

　　我看到的听到的这一切,这位史师傅

只有初中文化水平，就能把手风琴拉得这样好，我为什么就学不会？当场就决定买下史师傅刚刚拉过的96贝斯的黑色手风琴。他们还答应我可以经常到琴行向史师傅学习启蒙练习法，琴本身出了问题李师傅负责小修理。我和妻子背着琴高高兴兴回家，也走上了漫长而快乐的学琴之路。

心爱的手风琴一到手，的确又激发了我学习手风琴的热情，并把它作为我和妻子晚年生活的重要组成部分。年轻时练就的一些音乐的情怀，这时全都迸发出来了。有很多曲目已熟记于心，自然不用再看曲谱。经过一段时间的艰苦练习，当然也有琴行史师傅的热情辅导，我很快就能弹奏出一些曲目，如：《花儿与少年》《山楂树》《我们的生活充满阳光》《我爱你，中国》等，当然我最喜爱的曲目《梁祝》，旋律也能拉出来了。

一天，天气特别好，我和妻子照例来到植物园深处的老地方——丁香园，这里离主路较远，人流很少，练琴不会影响别人。我还向妻子吹嘘我选的座椅的风水非常好——你看，座椅后面是一个小山坡，长着几棵茂盛的元宝枫，秋天，树叶经过霜露的洗礼，一片片火红，在阳光的映照下，流彩溢丹，经常吸引不少游人来这里拍照；左面像一条绿色长龙的小山在向东爬行；右面一座汉白玉的石拱桥优美而恬静地横卧着；正前方是一潭静水，上面的红色、白色花朵是睡莲。这不，正如《易经》上所说"前有照，后有靠，左青龙，右白虎"。我和妻子就是在风水这么好的地方,天天沐浴着早晨的阳光,拉着心爱的手风琴。妻子有时到附近去溜达,我就拉起了《梁祝》,心无旁骛,完全陶醉在了乐曲当中。结束时,我被一阵掌声带回现实,一看,是一队中学生路过此处驻足静听,并伸出大拇指给我点赞。《梁祝》曲调婉转悠扬,沁人心脾,令人难以忘怀,犹如陈年老窖,蕴含着深长醇厚的滋味。有谁不为之沉醉呢?!

又有一次,夫妻二人正在练习一首新曲目,她拉琴,我唱谱并打拍子,非常专注。这时,一位记者模样的中年人,带着高级相机很专业地为我们拍照,并说:"你们的琴声并不那么重要,但花白头发的你们在一起那么投入、那么专注、那么认真地练琴,这太让人感动了。"

他为我们留下了几张珍贵的照片和几段视频。

好歌美如酒。吴伯萧先生对于音乐一语破的："感人的歌声留给人的记忆是长远的。"

第十三篇

植物园——心灵的放飞

生活在这交替更迭的四季,有春的明媚、夏的酷热、秋的斑斓、冬的凝重。其实,在这多元而嬗变的时代里,每个人的心情如同每一片树叶一样,各不相同。但无论你的感受如何,都不应忘记我们的眼前依旧是明朗乾坤,我们的头顶始终有一轮艳阳。

再喧闹的街衢，也有沉静的光景；再沸腾的市井，也有寂寥的时辰。城里街市的嘈杂，原本就让人生厌，而那些乏味的应酬、恼人的琐事，更令人身心疲乏。只有在郊外山林这片"净土"之上，才可以气定神闲、心无旁骛地去享受宁静与安详。我和妻子对国内外各处园林进行比较，就觉得北京植物园最好。它可以让你享受到安静的环境、温暖的阳光、洁净的空气，晚年生活在绿树的怀抱中，真是太幸福了。

我们夫妻俩几乎每天都来，早晨五点三十分走出家门，赶头班车一个多小时到香山，在麦当劳用过早餐，就进了植物园的西门。

春天来了，迎春花开了，那一朵朵暖眼的小黄花，密密纤秀的嫩芽儿，翠绿的枝条尽情地展示着自己的美。湖边的柳丝也开始泛绿，那一点点鹅黄在风中探头探脑。不经意间，空气中也开始弥散着初春的气息。其实春天特别让人依恋的不仅是潇潇春雨、融融春光，更是它那勃勃生机所赐给人们的情之寄托与心之慰藉，以及在这个季节里无法拒绝的憧憬和希冀。遇到雨天我们也不会改变行程，只是来到小山坡的亭子里，在这种春天听雨的小憩里，可以获得内心的恬静以及难得的好心情。

炎热的夏季，你照样可以见到一对老夫妻来到这静谧的公园里，我们内心深处对爱情的渴望从未改变。由古至今，人们期待的就是这一份可以"执子之手，与子偕老"的真情，因为这就是陪伴。携手走在盛夏的小路上，静听蝉鸣鸟语，路过花丛树影，忽觉生活的美好。

北京最美好的季节——秋天来了，天高气爽，放眼望去，这漫山遍野的红叶，亦胜过万紫千红的春色。唐代诗人杜牧曾这样比喻过："霜叶红于二月花。"不记得是谁这样说过：红叶是爱情的结晶，是人类赤诚的灵感，是希望和未来。菊花也属于秋天，它的背景总是与深邃、冷峻的秋的天空联系在一起,在湛蓝天空的映衬下,它的花瓣舒展着,散发出阵阵清香,或是在秋风的呼啸里,在树叶的凋零里,顽强地展现着它生命的力量和昂扬的精神。

冬日在植物园里散步,有其独有的气氛和情趣。一是植物大都凋零,春的雍容、夏的淫威、秋的喧哗都已消退,公园显得辽阔而深远,宁静而祥和,营造出一种宜于在阳光下沐浴的好环境。赶上阴天,雪花飘落下来,这洁白的雪花啊,轻轻悠悠地飘进我的心里,也融化在了我的血液中。雪花就像天鹅洁白的羽毛一样,闪动着生命的希望。

生活在这交替更迭的四季,有春的明媚、夏的酷热、秋的斑斓、冬的凝重。其实，在这多元而嬗变的时代里，每个人的心情如同每一片树叶一样，各不相同。但无论你的感受如何，都不应忘记我们的眼前依旧是明朗乾坤，我们的头顶始终有一轮艳阳。尽管我们有忧伤、有懊恼，然而岁月所给予我们的馈赠无疑是丰厚的，时代为我们创造的天地无疑是生动的。我和妻子经常看到那么多的园林工作者每天在默默地操劳着，而我们老年人刷一下老年卡就能享受这蓝天美景。想到这里的时候，我总有一种豁然开朗、周身温暖的感觉。

跟随着四季的脚步，每天我和妻子总是兴致勃勃地来到北京植物园，享受着大自然的馈赠和社会的关怀。

第十四篇

书法与古筝

书法是我国古代先辈创造的使用软笔书写的优秀传统文化。首先是线条美；其次是造型美；最后是章法美。当你全身心地投入笔墨之中，感情被线条所激活，你就有所体会并沉酣在艺术之美中了。

现今，学习书法已成了退休老人一项重要的生活内容，各种书法班、老年大学比比皆是。的确，书法是我国古代先辈创造的使用软笔书写的优秀传统文化。首先是线条美，线条的粗细、曲直、枯湿、力度与节奏，显示了蓬勃的生命运动，美不胜收；其次是造型美，千姿百态，妙趣横生；最后是章法美，疏密、虚实、错落、呼应等，呈现出变化中求和谐，多样中见统一的辩证法则。当你全身心地投入笔墨之中，感情被线条所激活，你就有所体会并沉酣在艺术之美中了。当然，我也是千万老人中的一员。

说起学习书法，那还得从1947年刚上小学说起。在中华人民共和国成立之前，学校设置了书法课，第一堂书法课我就把墨弄了一手，脸上也有，挨了老师五大板子。

中华人民共和国成立后，学校一直未安排书法课，我也就未动过笔墨。退休后，我看了专访杨在葆的电视片，他是我非常崇敬的硬汉演员。看见他退休后潜心学习书法，写得真好，已有所成就。当下我就下定决心，开始学习书法。

起步时，我钢笔字写得还算可以，但一拿起毛笔写字就觉得手发颤，心发虚，不知从何处下笔，写出的字歪歪扭扭，没法看。我报了一个老年大学书法班，第一学期就学王羲之行书《兰亭序》，周围同学都比我写得好，我就下定决心，一定要把毛笔字练好。还把老师写的范字带回家反复临摹，有空就练，有时早晨三点就起来临摹写字。功夫不负有心人，我不再内心发虚，而是逐渐把临摹写字当成一项非常快乐的事。后来，我想在写字时旁边再有古筝曲轻轻伴奏，那不就更有情趣吗？为此，我骑车专程去音像大厦购买了古筝光盘。回来的路上，在一个路口与一辆抢红灯的出租车相撞，我被撞出十米远，出租车司机发现撞的是一位老人，脸都吓白了。我只受了点轻伤，翻了个身自己站起来了，说："算你运气好，我这练了二三十年太极的身子骨没事！以后多注意点，别抢红灯，走吧！"这奇遇就更增强了我学书法听古筝曲的热情。俗话说：大难不死，必有后福。不久，经儿子朋友的介绍，我与现在的妻子相识，并在电话里交谈时听说她也在石景山老年大学学书法，并在香山看见一位老师古筝弹得特别好，也想学。我们俩是"我失骄杨君失柳"，想法和爱好又一拍即合。经一段时间磨合，成就了我第二段美满的姻缘。

结婚后，我们做的第一件事就是买古筝，学古筝。参加了乐器公司一对一的古筝学习班，老师是一位音乐学院毕业仍想留在北京工作的小老师，她专业扎实，教学认真，按中央音乐学院袁莎主编的教材一丝不苟地、手把手地教学，从《笑傲江湖》开始,到《彩云追月》,一直到比较难的《春江花月夜》,一步一个脚印地教着。妻子也从启蒙到熟练,最后到迷恋上弹古筝了。从此,我们的老年生活变得更加丰富多彩了。

第十五篇 太极拳与健康

所谓秘诀就是注重它的过程。

即使是最简单、最容易的事,如果不能坚持下去,那扇成功的门也绝不会被打开。

收效之后的体验,不是庆幸那方法的简单,而是庆幸那痴情的实践。行百里者半九十,坚持的含金量是坚定,坚定的含金量是不懈,不懈的含金量才是成功。

八十岁生日的前几天，儿子就和我商量，这是大生日，咱们通知一下亲戚，找几个朋友在一个大一点的饭店庆祝一下。我坚决反对，儿子当时也没说什么。可生日那天中午前，儿子突然来家接我和妻子到金融街他办公楼下的一个饭店，当然也是一个大饭店。一进门，儿子的一个好朋友迎接我们说："祝叔叔生日快乐！请您伸过手来，我可是出身中医世家。"他看过手背说："您气血充盈，健康长寿啊！"

没错，都八十岁了，体检各项指标还都合格，思维敏捷，腿脚灵活，这可要归功于我从三十岁起就开始习练的太极拳，从未间断过，风雨无阻。出差必练。我年轻时经常出差，到一个地方，先找练拳的地方。那时，上海公园少，我就到邻近的西站站台上练；到桂林量具厂出差，我就到工厂旁边的南溪山半山腰平台上练。雨雪天必练。遇到雨雪天，我就会找楼下有廊子的，在廊子里练习。节假日必练。即使是大年初一，我也会准时练拳。总之，一天不练拳，我就觉得浑身不舒服。

练太极与练体操不一样，它是要讲究意、气、形的。意是指意念、思想、境界。练拳首先要精神内守、意守丹田，要心无旁骛。达到一种心态的平衡、和缓，全身放松，这样体内就会自然产生一种幸福激素，使你始终在愉悦状态中。气是中国哲学、中医、武术、道教中常用的概念，是指构成人体维持生命活动的最根本、最细微的物质，包括脏腑功能之气。形指形体运动，全身自然放松，肌肉、韧带、关节产生螺旋、缠绕运动形式，一招一式紧密衔接、快慢均匀而各式之间又连绵不断，全身各部位肌肉做到舒松协调。做到以上要领，才算真的在练太极，而不是在练体操，摆花架子。有的人说练了很多年也没多大作用，主要原因就是没按以上要领来练，这可是我几十年学习、体会的"真经"。

想学会，有很多的方法，可以说，不

存在秘诀。所谓秘诀就是注重它的过程。即使是最简单、最容易的事,如果不能坚持下去,那扇成功的门也绝不会被打开。收效之后的体验,不是庆幸那方法的简单,而是庆幸那痴情的实践。行百里者半九十,坚持的含金量是坚定,坚定的含金量是不懈,不懈的含金量才是成功。

　　退休后,时间多了,我又学会了好几套剑法和刀法,有的套路是我从光盘上自己学的,比如:长穗剑的"夜深沉",我太喜欢了,优美的京剧曲调,舞起剑来,长长的红穗随着剑把在空中飞舞,一会儿前后旋转,一会儿左右旋转,金蛇狂舞似的,美不胜收。

第十六篇

室有山林乐　人同天地春

觅绿、喜绿、赏绿，绿我相融，一直是人们日常生活中的刻意追求。领悟绿色是自然之原色、生命之原色的真谛。正是有了这种原色，生命之树才会常青，现代文明才有了新的境地，人类才有了美好追求的境界。

直到1983年，单位才分配给我一套三居室的楼房。这之前的十几年我都是住在一个只有十一平方米的小平房里生儿育女。每次分房都没我的份，好不羡慕。这次分房打分，我几乎是第一名，你看，双职工加分，都是高工加分，她是设计师、我是副总工程师加分，尤其是这次分房政策向知识分子倾斜，大学学历也算工龄，我们俩每人五年……总而言之，这次我们分到了一套不错的"室"。

太高兴了，由于经济条件有限，装修、家具考虑不多，家里的阳台成了一块可资耕耘与休憩的自留地，其后，生活的诸多乐趣便由此展开。

我家的阳台，白天是"窗前有绿影，栏上有绿植，风动绿徘徊，风去绿还在"，晚上是"兰香初绽溶溶月，竹韵才舞淡淡风"。每天清晨或傍晚，上得阳台，观日出与日落，或者就青赏绿，心境闲适而逍遥，妙处无限。投之以桃，报之以李。小小阳台，不过五平方米左右，却让我们享受到了生活的美好。生活的情趣，就在于你用激情为自己创造一个惬意的空间。

觅绿、喜绿、赏绿，绿我相融，一直是人们日常生活中的刻意追求。领悟绿色是自然之原色、生命之原色的真谛。正是有了这种原色，生命之树才会常青，现代文明才有了新的境地，人类才有了美好追求的境界。在自己的居室里也营造了一方绿境，栽花植绿，让小小空间里郁郁葱葱，野趣充盈，不失为一种时尚的享娱和恬淡的雅趣，似乎生命的脚步在这幽情妙趣中走得那样轻盈，生活在这四季不凋的绿色中是那样心驰神醉。